Mitos

y

Leyendas

de

Nicaragua

Norlan Daniel Matute Tercero

Índice.

LOS VIEJOS DE LA MONTAÑA EN NUEVA SEGOVIA.

Cuentan que hace muchos años, en la montaña de Nueva Segovia, vivieron muy felices una pareja de esposos, el señor se llamaba Antonio y la señora se llamaba Juana, de apellidos Gurdián, ellos siempre estaban acompañados de los animales del bosque, en su rancho pernoctaban los mapaches, los monos, algunos coyotes y lobos, ciertos venados, en el techo dormían las aves de rapiña y de corral juntas sin dañarse, los loros, los pericos o chocoyos, dos garrobos, seis garzas, varias ardillas, todos vivían en paz con la naturaleza.

Cerca del rancho había manantiales de agua fresca y cristalina, también pasaba raudo un riachuelo, que crecía de tamaño en los meses de invierno, habían árboles frutales, pinos, conacastes, cedros, caobas, varias ceibas majestuosas, árboles de fuego, flores de todos colores y fragancias: Rosas, claveles, nardos, jazmines, sacuanjoches, banderas, lirios, azucenas, gardenias, azahares, magnolias, crisantemos, siemprevivas, de tal forma que siempre estaba perfumado el ambiente, con aroma de perfumes naturales, era un olor agradable que al llegar a ese lugar no se querían regresar, lo más asombroso era que a la hora de despertarse y de acostarse, todos los animales hacían una algarabía, cada uno cantando su propia melodía, que en su conjunto se escuchaba como una sinfonía de sonidos perfectos, interpretada por los pájaros, las aves y los animales del bosque, en perfecta armonía de sonidos y tonos musicales.

Esta pareja eran muy sabios, conocían de todo, lo habían logrado escuchando y aprendiendo de los animales, de las plantas, de los vegetales y minerales, todo el reino de la naturaleza les había ensenado a escuchar y de esa manera poder aprender de los sonidos del bosque y de la montaña, ellos no tenían instrucción escolar, sin embargo sabían leer y escribir y lo habían hecho de una manera auto didacta, eran sabios sin saberlo, con esa sabiduría natural, que no está en pugna por ganar premios ni reconocimientos, solo por el hecho de tener sabiduría y compartirla con quien la necesite, mediante los consejos a las personas que llegaban a consultarles sobre sus problemas.

Toda las personas que habitaban en los pueblos cercanos, visitaban a los dos viejos de la montaña, para consultarles sobre los problemas personales, en busca de sabios consejos, que recibían de la pareja de ancianos, a ellos le solicitaban consejos relacionados con las cosechas, con la familia, con las fiestas patronales, con las celebraciones de bodas, bautizos, confirmaciones, celebraciones de quince años, graduaciones de hijos, también sucesos trascendentales en épocas tristes como el deceso de un pariente, amigo o vecino, también les consultaban sobre diferencias de los límites de las tierras, demarcaciones, disputas de todo tipo, herencias familiares, en esos casos sus aves de rapiña, tales como: gavilanes, halcones, águilas; entre las aves de corral: gallinas, palomas, gallos, entre otras aves.

Su palabra era ley, lo que decían eso hacían, era su deber moral cumplir con los consejos que habían recibido, casi nunca se equivocaban en sus consejos, por eso reza el dicho: ¡el que oye consejos llega a viejo! Un día llegó un joven de nombre Anastasio, era muy soberbio y quiso poner a prueba la sabiduría del viejo Antonio, tratando de demostrar que él era más sabio, por eso lo reto a una prueba en presencia de todos los habitantes del pueblo, le dijo que si era sabio que aceptaría lo que este le propondría, acto seguido le dijo: ¿puede usted demostrar que es sabio?

Yo quiero hacerle unas preguntas en medio de la gente, para hacerlo quedar en ridículo. Antonio le dijo al joven Anastasio, que no estaba dispuesto a probar nada, que el no se consideraba sabio, que dejara de molestar, sin embargo el joven le volvió a decir, acaso tiene miedo de quedar en ridículo, demostrando que no es sabio ante los demás, el viejo le contestó de nuevo, que no tenía tiempo para esas cosas, pero su esposa le dijo, acepta lo que te propone, de lo contrario no te lo quitaras de encima, fue así que el viejo aceptó el reto del joven y acordaron que llamarían a todo el pueblo de esa zona, para que observaran la prueba que el joven tenía preparada, a fin de demostrar que el viejo no era sabio, acordaron que esto lo realizarían el fin de semana próximo, en el atrio de la iglesia del pueblo, exactamente el día sábado a las 3 de la tarde, teniendo que bajar de la montaña, para llegar a la plaza y al atrio de la iglesia..

El joven se dedicó a invitar a todos, asegurándose así que nadie faltara al momento que el joven haría la prueba al viejo, para demostrar que no era sabio, pasó el tiempo y llegó el día en que todo el pueblo estaba reunido en el atrio de la iglesia, entonces el joven antes de la reunión planeo y medito, la forma en que demostraría la ignorancia del viejo, diciendo para sus adentros: voy a coger un pájaro y lo voy a esconder detrás de mí sin que me lo vea el viejo, luego le voy a preguntar el pájaro que tengo detrás de mí ¿Está vivo o si está muerto?, él no va a saber que decir, porque si dice que está vivo, acto seguido le voy a torcer el pescuezo y se lo voy a enseñar, en el caso que me diga que está muerto, lo voy a soltar y este saldrá volando, con lo que demostrare que no es sabio.

Llegó el momento de la reunión, todos estaban pendientes del resultado de la confrontación del joven hacia el querido viejo Antonio, este se notaba muy seguro de sí mismo, viendo a los demás con seriedad y respeto, todos le saludaban muy afectuosos, le llegaban a abrazar y a darle confianza en que al final él saldría victorioso, que tenían confianza en su buen juicio y en su sabiduría.

Acto seguido se inició el debate y el joven saludo a todos y les explicó el motivo de la reunión, agradeciendo la presencia de la multitud, comenzó diciendo al viejo: Tengo un pájaro en mis manos, las tengo escondidas detrás de mi espalda, quiero saber si el pájaro está vivo o está muerto ¿Qué dice usted Antonio? El viejo de la montaña, lo quedo viendo y le dijo después de quedarse pensativo por unos instantes: el destino del pájaro está en tus manos, de ti depende que viva o que muera, acto seguido hubo un silencio profundo, nadie dijo nada, al final se oyó la voz entrecortada del joven, quien se disculpó del viejo, diciéndole que no hay sabio más grande en el mundo, que el viejo de la montaña, enfatizando que de Dios y de nosotros depende nuestro destino, luego todos aplaudieron felicitando al joven y al viejo, acto seguido regresaron felices a sus hogares.

EL PADRE SIN CABEZA.

Cuenta la leyenda que, en el año 1549 en la ciudad de hoy León Viejo, alentados por su madre doña María de Peñalosa, los hermanos Hernando y Pedro, hijos del segundo gobernador de Nicaragua don Rodrigo de Contreras, planearon la muerte del primer Obispo en tierra firme fray Antonio de Valdivieso, defensor de los indios y mediador de las ambiciones de los funcionarios y el clero. Fue asesinado a puñaladas a mano del fiero capitán Juan Bermejo. Con la muerte de este religioso, el primero cometido en América, los asesinos se repartieron la provincia, su población, los objetos de valor y las joyas episcopales del Obispo.

Después de este crimen, que llenó de indignación y de malos presagios a todos los creyentes, aparece una leyenda que refiere, que durante los primeros años de la existencia de la ciudad de León Viejo, el padre de su iglesia fue decapitado de un solo machetazo en el atrio de su mismo templo, por dos poderosos hermanos, y que su cabeza había rodado hasta la orilla del lago Xolotlán, donde se sumergió dando origen a una inmensa ola que se levantó sobre la superficie y avanzó hacia la ciudad, cada vez más grande y fuerte, llegando a reventar donde había sido asesinado el religioso y sepultando a la ciudad.

Pasado este hecho devastador, los indígenas empezaron a ver en los atrios de las iglesias y en las calles solitarias de los pueblos, un bulto negro que se protegía bajo el peso de la lúgubre oscuridad. Con el paso del tiempo algunos moradores se dieron cuenta que la aterradora y sombría aparición era nada menos que un padre sin cabeza.

Los que lo han logrado ver cuentan que el padre sin cabeza lleva sotana y zapatos negros, en la cintura prende un cordón del que cuelga una pequeña campana, la que hace sonar mientras avanza y lleva un rosario en lo que le queda de cuello.

Refiere la leyenda que el padre sin cabeza camina penando por el mundo, visitando los templos de las diferentes ciudades, rezando las letanías o el rosario, buscando su iglesia y su cabeza. Algunos refieren que el padre aparece solo el jueves y el viernes Santo, para visitar las iglesias y que cuando se encuentra frente a cualquiera de ellas hace reverencia en la puerta del perdón.

LA SERPIENTE IRACUNDA DE CATEDRAL.

Una característica de las leyendas nicaragüenses es que a menudo en esos relatos se hace mención a la lucha interminable entre el bien y el mal.

Ahora mismo, viene a mi mente la leyenda de la iracunda serpiente de catedral. La crónica dice que una víbora de dimensiones inimaginables vive debajo de Catedral.

Las dimensiones de este reptil son tan grandes que su cola llega a tocar los cimientos de la Iglesia de Sutiaba. El motivo por el que no ha podido moverse de esa ubicación, se debe a que su cuerpo se encuentra sujeto por uno de los cabellos de la Virgen de la Merced.

La culebra ha tratado de zafarse durante años, sin embargo, por más que se mueve, se estira y se contrae, su cuerpo continúa perfectamente aprisionado por ese «pelo divino».

A pesar de eso, la gente cree que tarde o temprano la serpiente se liberará y será entonces cuando sobrevenga la tragedia a esa ciudad nicaragüense, pues los movimientos de esa criatura harán que el suelo se reblandezca y ocurra un terremoto del cual muy pocos se van a salvar.

Además del sismo, se espera que el agua subterránea que se encuentra en la ciudad, también se propague por la superficie, ocasionando gravísimas inundaciones.

EL ESPANTO DE ROLDÁN DE COSIGINA.

El cerro Roldán en la comunidad de Cosigüina guarda una historia un tanto macabra. Y es que se dice que hace muchos años, un hombre que vivía en la hacienda de San Cayetano subió hasta lo más alto de este montículo, con la intención de encontrar al ganado que había extraviado.

Sin embargo, el hombre nunca volvió a su hogar y a partir de ahí, la gente comenzó a escuchar terribles lamentos provenientes del cerro principalmente en los días en los que se celebra la Semana Santa.

Hay quienes dicen, que es el alma de aquel sujeto quien suplica a Dios que lo deje entrar al cielo. No obstante, hay otro grupo de gente que dice que se trata de un alma que únicamente quiere espantar a las personas de la localidad.

Cuando es jueves santo y el reloj marca la 1:00 de la mañana, lo mejor que puedes hacer es no salir de tu domicilio, puesto que en la soledad de las calles se alcanza a escuchar un grito de terror que a los hombres les hace poner los cabellos de punta y a las mujeres, correr de inmediato a abrazar a sus pequeños hijos.

Por su parte, quienes profesan la religión católica en Nicaragua dicen que puedes ahuyentar a este espíritu, encomendándote a la

frighten

santísima Trinidad.

LA CARRETA NAGUA.

En esas noches en las que la oscuridad abunda, se dice que sale a rondar la carreta nagua, anunciando desgracias para los pueblerinos de una localidad determinada. La poca gente que dice haberla visto, afirma que se trata de una carreta vieja que se encuentra en muy malas condiciones.

Esto hace que sus ruedas hagan demasiado ruido, provocando que la gente se quede en sus casas hasta que el estruendo cesa. En vez de toldo, ese transporte se encuentra cubierto por una sábana de color blanco.

Por su parte, la conductora de la carreta no es otra que la muerte, quien viaja acompañada de una filosa guadaña, misma que recarga sobre su hombro izquierdo.

En vez de caballos, los animales que sirven para remolcarla son un par de bueyes, los cuales por su aspecto parece que los sacaron de un cementerio. Uno de estos es de una tonalidad negruzca, en tanto que el otro tiene un pelaje muy similar al color del melocotón.

Lo extraño es que jamás dobla en las esquinas. Si por alguna razón se topa con una o llega a un callejón, simplemente se desvanece y aparece en otro sitio del poblado.

Desgraciadamente, no hubo nadie que me supiera decir cuál es el origen de la Carreta nagua. No obstante, investigando un poco

11

más a fondo, me pude dar cuenta de que de alguna forma ese transporte anuncia la muerte de un lugareño.

Pues según lo que me dijo un amigo nicaragüense, cada vez que se escucha el rechinido de sus llantas, una persona muere al día siguiente de manera inexplicable.

EL PUNCHE DE ORO
DE LOS SUTIABAS.

En la población de Sutiaba existe una de las leyendas más interesantes que hemos encontrado. La gente mayor cuenta que en algún lugar de esa localidad hay un tesoro escondido.

Pero eso no es todo, lo que llamó poderosamente nuestra atención es que afirman que de vez en cuando el tesoro recorre las calles sigilosamente durante la noche. Este fenómeno ocurre únicamente dos veces al año:

La primera de ellas es en el tiempo de la Semana Mayor, en tanto que su segunda aparición ocurre ya en el mes de agosto.

Obviamente, no se trata de ningún cofre que flota, ni de un alma en pena que lleva pesados costales de dinero a sus espaldas, sino que se trata del legendario Punche de oro de Sutiaba.

Este cangrejo dorado sale de las profundidades del Océano Pacífico y nada hasta llegar a la puerta de la iglesia más importante de ese poblado. Ahí espera hasta que los primeros rayos del sol del Jueves Santo iluminan su metálica piel.

Hay algunas personas que han tratado de atrapar al Punche de oro, pues se cree que la persona que lo atrape podrá encontrar el sitio exacto en donde fue enterrado del tesoro y por tanto convertirse en un individuo inmensamente rico.

Desgraciadamente para todos los cazadores de fortunas, les tenemos una mala noticia y es que, como parte de estas leyendas nicaragüenses, no podemos dejar de mencionar que, de acuerdo con los relatos, quienes logran tocar al cangrejo, pierden el habla de manera inmediata al menos por una semana.

Otra versión de esta misma historia nos indica que el Punche es el alma de un viejo cacique, a quien el ejército español condenó a muerte, ahorcándolo en un palo de tamarindo.

Dicho árbol mítico permanece lleno de frutos los 365 días del año, No obstante, nadie puede probarlos, puesto que, si lo hacen, fallecen en ese mismo instante.

LOS CADEJOS DE MONIMBÓ.

E n muchas leyendas latinoamericanas se menciona el nombre del Cadejo, animal muy parecido al perro, que a su vez tiene una versión «buena» y una «mala».

Sin ir más lejos, nos gustaría relatar la leyenda de los cadejos de Monimbó. Por las noches, el cadejo blanco trata de acompañar a casa a los hombres que salen de trabajar a altas horas de la noche, pues su propósito fundamental es el de vigilar que lleguen sanos y salvos a su casa, dado a que han pasado todo el día laborando, para llevarle el sustento a sus familias.

En contraste, el cadejo negro busca a los sujetos que andan fuera de sus domicilios, porque salieron a beber y/o a fumar y como sabes éstas no son conductas que deben imitarse.

En el caso de que el perro negro, encuentre a uno de estos individuos, lo morderá tan fuerte que no le quedarán ganas de volverlo hacer en todo lo que le resta de vida.

Sin embargo, si el cadejo blanco llega a tiempo, ambos canes lucharán hasta que uno resulte vencedor.

Algo que no hemos mencionado es que estos perros no tienen los ojos iguales a los del resto de los galgos que conocemos, ya que poseen un brillo muy especial que posibilita el que una persona pueda ver a gran distancia que un cadejo se acerca.

LA MOCUANA DE SÉBACO.

Después de la conquista, soldados españoles llegaron a Sébaco. Allí fueron recibidos por un indígena noble y generoso quien fungía como alcalde de ese territorio.

Los demás pobladores lo respetaban y querían, puesto que era un hombre muy juicioso al que sólo le importaba el bienestar de los demás.

De hecho, no quiso enfrentarse a los ibéricos, sino que en cambio les hizo varios presentes. Entre esos regalos destacaba la entrega de tamarindos hechos de oro macizo, los cuales el cacique mencionó que debían ser un obsequio para el rey de España.

Como única condición, el hombre les dijo que debían abordar sus embarcaciones y no volver nunca más a pisar suelo nicaragüense.

Sin embargo, los conquistadores querían el tesoro sólo para ellos. Esto hizo que el cacique escondiera todo el oro en un lugar en el que solamente su hija y él conocieran la ubicación.

El tiempo transcurrió, y los soldados españoles perecieron poco a poco. Luego de algunos años, nuevas embarcaciones arribaron a Sébaco. Ni tardo ni perezoso, uno de los militares se encargó de enamorar a la joven hija del cacique, quien de inmediato le reveló el lugar en donde se encontraba oculto el tesoro.

Después de sacar el oro de la guarida secreta, el novio de la joven la encerró en una cueva, bloqueando la entrada para impedirle que escapara. No obstante, había algo que el sujeto no sabía y es que la muchacha conocía los túneles secretos de todas las cavernas.

Luego de muchos intentos, al fin la mujer pudo huir de su encierro, aunque ya era tarde para su mente, pues desgraciadamente la chiquilla ya había perdido la razón.

Luego de unos años la joven murió y se convirtió en lo que desde esa fecha se conoce como la Mocuana, un espanto que invita a los forasteros a seguirla hasta la cueva en donde fue encerrada, para luego dejarlos abandonados a su suerte.

Hasta hoy nadie ha podido ver su cara. Es decir, sólo se puede apreciar su delgada y delicada silueta y su larga cabellera de color Ébano que cubre por completo su espalda.

CHICO LARGO DE CHARCO VERDE.

S e le llamó Charco Verde a una laguna que se encuentra en Nicaragua y que precisamente tiene ese color, debido a que en su interior crecen toda clase de algas marinas. También, se encuentra rodeada de árboles de diversos tamaños.

Se dice que hace mucho tiempo, dicha masa de agua era gobernada por una entidad llamada Chico Largo, quien no dejaba que ningún hombre se bañara en esas aguas, pues decía que no eran dignos de hacerlo.

A pesar de esto, hubo algunos hombres que llegaron a desafiar esa norma, provocando la ira del protector, quien ni tardo ni perezoso usó un encantamiento para convertirlos en reses.

Posteriormente, vendía a los animales a los comerciantes que se encontraran cerca de la zona. De igual forma, se comenta que a los mercaderes les daba una gratificación, si lograban deshacerse de las reses lo más pronto posible.

En concreto, se decía que los colaboradores de Chico Largo recibían «siete negritos», mismos que debían entregar a otro individuo en un periodo no mayor a 10 años. De lo contrario, experimentaría en la ira del cuidador de Charco Verde.

LA SERPIENTE DE LOS TRES PELOS.

Hace muchos años cuando se estaba formando Matagalpa, estaban ubicados sus primeros habitantes, cuentan que hubo una discusión y que apalearon a un sacerdote, no se sabe el motivo, pero el sacerdote agarró su mula y se fue, pero antes de irse dijo una maldición para los pobladores de esta ciudad.

Con el tiempo buscaron al sacerdote para saber cuál era esa maldición, y él les comunicó que existía una culebra gigante que cubría toda la ciudad y que estaba amarrada por *tres pelos*, la cabeza de esta culebra está en la Catedral de Matagalpa y la cola en el cerro de Apante, y los tres pelos están amarrados en la quebrada del Yaguare, ubicada en el barrio de Palo Alto.

Según la historia, ya se han reventado dos pelos, sólo falta uno, cuando estos tres pelos se revienten se derrumbará el cerro de Apante y se reventarán fuentes grandísimas de agua que atraviesan esa zona, entonces Matagalpa se inundará Los habitantes en su mayoría conocen esta historia, muchos dicen que no creen en esto, pero otros afirman que así será.

LA TACONUDA.

Es una mujer de 7 pies de estatura, joven, pelo largo que le llega hasta la pantorrilla, delgada, zapatos de tacón altos y curvos, de cara seca, de ojos hondos labios pronunciados, pintados y risueños, chalina negra, bustos respingados, vestido blanco con un fajín de plata y hebilla cuadrada grande y un cintillo dorado en el pelo.

Esta linda joven era hija de un cacique que era dueño de todas las haciendas desde la línea hasta llegar a Masaya; su padre le heredó todas sus riquezas por ser la única hija, es de apellido Sánchez.

Dicen que sale en los cafetales, en las cuchillas cerca de las haciendas que llevan por nombre Corinto y Las Mercedes. El encanto de ella es agarrar a los hombres y ponerlos locos, les sale a los capataces y los lleva a las curvas de los caminos, dejándolos adormecidos y desnudos hasta que sus familiares los encontraban.

Cuando la taconuda pasaba, dejaba un gran aroma de perfume y por eso la identificaban, pero no a todo hombre se llevaba. Dicen los que la han visto que le gusta que la llamen taconuda.

EL ESPANTO DEL GUÁCIMO RENCO.

Don Cosme sabía la historia. Allí en el camino barrialoso de Santo Tomás estaban los restos del difunto Pacheco García. Una cruz negra que había cogido un tono verdoso por la pátina del tiempo era todo lo que quedaba de aquel célebre bandido que asolara antaño las comarcas y haciendas de aquel lugar. Diez años tenía de haber entregado el fardo de malas cuentas ante Dios, pero con eso y todo, el recuerdo de aquel hombre siniestro persistía en las mentes de los humildes y sencillos moradores de la comarca de Santo Tomás.

El alma de Pacheco García vaga por las noches en el llano.

Esa era la voz popular que se había regado en todos los ranchos y haciendas del lugar. Nadie intentaba cruzar el llano de noche, temeroso de encontrarse con el espanto, y si por un atraso involuntario sorprendían al viandante las sombras de la noche, detenía la marcha, para pernoctar en algún rancho mientras llegara el alba para emprender de nuevo su camino. XVII

La cruz del muerto estaba al pie de un guácimo gacho, y de allí la gente cogió en llamarle "El Espanto del Guácimo Renco".

-"Es algo que crispa los nervios, oír aquel gemido y ver aquella luz", me decía la Mercedes, una anciana, pariente de don Cosme.

22

Y esa misma noche que la Mercedes me contó lo del espanto, también estaba don Cosme, viejo noventero y uno de los supervivientes de aquellos aciagos días en que el temible Pacheco García pasaba por sus viviendas como un huracán devastador.

Don Cosme me hizo señas. -"Venga para acá, que le voy a contar la historia; yo la sé mejor que nadie". Y en un sitio donde nadie podía escuchar, el viejo finquero me contó la historia de "El Espanto del Guácimo Renco".

Pacheco García era jefe de una cuadrilla de veinte salteadores. Aquellos días se vivían con el Credo en la boca. Era en el tiempo que aquel otro sanguinario que se llamara Pedrón Altamirano, hacía de las suyas en los desgraciados pueblos segovianos.

Las haciendas eran continuamente saqueadas; era en la época en que la vida de un caballo valía más que la de un cristiano. Pacheco García, cierto día tuvo un disgusto con Pedrón; de ahí vino que el primero se desligara del segundo, llevándose en su separación a -veinte de los más empedernidos asesinos. Santo Tomás del Nance, aquel humilde pueblito enclavado en las inmediaciones de la frontera hondureña era pasto de aquellas hordas de salvajes, y allí en las afueras, como a dos kilómetros, don Cosme tenía lo suyo.

Pacheco García, nunca fue cazado por las fuerzas del Gobierno; conociendo como sus propias manos toda la región, era posible que se ocultara en las espesuras de aquellos montes.

Este siniestro bandolero no salía de día; sus andanzas las hacía amparado en las sombras de la noche. Pacheco García era implacable;' no se satisfacía con robar, sino que también quitaba vidas por el prurito de ver correr la sangre. Cuando llegaba a las haciendas escogía los mejores potros de los hatos, y si sus ojos se fijaban en alguna hembra, no tenía más que hacerle una señal a su ayudante y montarla en ancas de un caballo, y si el padre de la raptada protestaba por el honor de la hija, le daba en recompensa un par de tiros y allí quedaba boca arriba en medio del llanto de sus deudos.

Así pasó mucho tiempo aquella bestia humana, sin que nadie se interpusiera en su camino.

Don Cosme era viudo, pero vivía acompañado de sus tres hijas: Isabel, la mayor; Carmen, la de en medio, y Dolores, la cumiche.

Eran tres sencillas y bonitas campesinas que su padre, férvido creyente en la religión católica, las había educado bajo el santo temor de Dios. Don Cosme tenía un pariente, doña Mercedes, a quien ya me referí antes. Las niñas quedaron huérfanas desde muy tiernas y doña Mercedes, mujer de nobles sentimientos, se hizo cargo del cuido de las criaturas.

Las instruía en el catecismo y les contaba por las tardes, al amparo del alero, pasajes de la vida de Jesús; de allí que las niñas, a pesar de que eran campesinas, nunca sus virginidades fueron marchitadas por los sátiros.

Don Cosme las tenía aleccionadas, les hablaba con sencillez, sin malicia alguna, como padre verdadero, consciente en el deber sagrado de conducir a sus hijas por el camino recto de la honestidad. Nunca las niñas oyeron que los labios de su padre pronunciaran palabras obscenas.

Así fueron creciendo, sencillas y bonitas, como las flores de los campos y como sus vestidos de zarazas. Don Cosme las adoraba, pero tenía especial predilección por Dolores, la cumiche, y la más bonita de las tres.

Sin duda, porque la niña no conoció madre, pues cuando la que le había dado el ser abandonaba este mundo, la niña apenas llegaba a los diez meses. Dolores tuvo que despecharse con la leche de una yegua que su padre solicitó de un vecino.

El rancho de don Cosme era de techo pajizo con forro dé tabla; tenía, además, por separado una pequeño troje donde almacenaba el fruto de sus cosechas, lo mismo que un chiquero para los curros, dos vacas de mediana calidad y un par de bueyes aradores, sus amigos queridos que le daban el sustento.

Tenía un desmonte que, por su abundancia en troncos, lo sembraba a bordón, pero le sacaba el jugo año con año. Ese era todo el patrimonio del viejo finquero.

Cierto día aquella paz y alegría que reinaba en el humilde hogar campesino se vió pronto apartada, para darle paso a la tragedia y el dolor, y.... una noche se oyó sobre el camino silencioso del llano el tropel desenfrenado de una caballería.

Era Pacheco García que, olfateando la presa se encaminaba a lo de don Cosme.

Era una noche oscura, sin estrellas, sin luciérnagas que pintaran de plata los campos; apenas en las sombras se destacaba como una fantasmagoría el pabilo amarillento de velas y candiles en los ranchos.

El viejo comarcano a la vera de la puerta de su rancho y sentado en una pata de gallina, conversaba con don Blas Urbina, su vecino más cercano.

Sus hijas a dentro rezaban con la Mercedes el rosario. El grupo de bandidos rodeó el rancho y Pacheco, desmontándose, entró sin saludar.

Don Cosme se incorporó al ver que aquella pandilla de forajidos allanaba su casa.

Quiso ir en busca del arma, pero las manos de un bandido lo trabaron por detrás haciendo otro tanto con don Blas, que quiso largarse para dar la voz de alarma en el vecindario.

Pacheco arrastró a Dolores al patio entre las protestas y lamentos de la Mercedes, que les lanzaba maldiciones.

Por las mejillas de don Cosme corrieron dos lágrimas que se fueron a perder en el bigote.

La alarma cundió en el caserío y hubo algunos que, queriendo defender el honor de las hijas de don Cosme, tomaron sus armas que no eran más que rústicas escopetas fabricadas por ellos mismos.

Cuatro comarcanos con sus cuerpos perforados por las balas asesinas quedaron tendidos en las puertas de sus ranchos. Los bandidos se largaron entre risotadas sarcásticas e interjecciones obscenas.

Don Cosme, con el alma desgarrada vió a su hija que se alejaba prisionera de aquella partida de salvajes.

De Dolores no se volvió a saber nada en la comarca. Su padre denunció el caso ante las autoridades del pueblo, pero desde el soldado hasta el comandante y el alcalde eran una partida de cobardes.

El comandante, que obedecía órdenes del propio alcalde, no hacía por donde se interesara este último en dar una orden en busca del bandido; la voz popular era que estos individuos tenían amistad con el bandolero.

Pacheco García era dueño de vidas y haciendas. Era ésa la triste situación de aquel padre ofendido, que decidió beberse su dolor mientras llegaba la hora de hacerse justicia con sus propias manos.

En ese tiempo don Cosme tenía ochenta años, pero era un viejo fuerte, macizo y lleno de salud, que disparaba su escopeta sin importarle la patada. Se había criado en los campos desde muy pequeño, ayudando a su padre en los rodeos de la hacienda y en los viajes que hacían las tropillas de reses donde se tragaban leguas de leguas en medio de los llanos calcinantes.

Don Cosme no representaba la edad que tenía; de su pelo hirsuto no asomaba ni una cana y aunque sus brazos eran delgados y coyundosos, no por eso rehuía el mango del hacha. Era un indio de los que muy pocos quedan ya.

Pasaron algunos meses.

Doña Mercedes se entristeció tanto que hubo un día se temiera por su vida. Ya no era la misma doña Mercedes de antes. Ya no les contaba por las tardes a las sobrinas los pasajes de la vida de Jesús. Muy poco se le miraba y hasta se decía que estaba perdiendo la razón, porque la oían algunos que hablaba a solas pronunciando el nombre de la sobrina ida.

Don Cosme también ya no era el mismo.

Se había vuelto huraño hasta con sus mismas hijas; todo le molestaba, su espíritu se había tornado susceptible, a la menor cosa se irritaba, dándole escape a las lágrimas.

Era huidizo, —ya no visitaba a nadie, siempre andaba solo; todas las tardes se le miraba pasar escopeta al hombro con dirección al llano.

Así pasaba el tiempo. Un año había pasado desde lo de Dolores; don Cosme, como de costumbre, seguía en sus paseos por el llano.

Cierto día, cuando ya la tarde declinaba y las sombras de la noche comenzaban a cubrir el llano de rumores misteriosos, el finquero, que regresaba de su, cacería con un par de aves en la mano, oyó el grito de alcaravanes que habían levantado el vuelo asustados.

Volvió la mirada para indagar el motivo y advirtió en la distancia la silueta de un hombre a caballo.

El jinete, al llegar junto al viejo se desmontó y sus primeras palabras fueron para pedir perdón. Don Cosme no lo había reconocido, pero el hombre le refrescó la memoria cuando le contó que había sido ayudante del bandido que se raptara a su Dolores.

El viejo levantó el arma con la intención de volarle los sesos de una perdigonada. -

- ¡Máteme si quiere!, pero antes voy a decirle una cosa- fué la respuesta del hombre ante la hostilidad del otro. Don Cosme bajó el arma y escuchó.

-Pacheco mató a su hija de un balazo porque quiso irse; eso fué hace un mes, está enterrada en el fondo de una cañada; yo tuve intenciones de venir hasta aquí para decírselo, pero ese pendejo de García podía matarme.

Hoy que ya me separé de él no me importa, porque ahorita estaré al otro lao de la frontera y hasta allí no se atreve a perseguirme. Yo no quiero seguir más en esa vida; si antes anduve con su pandilla jué porque necesitaba dinero para mi pobre vieja que vivía enferma; hoy que ya murió ella, nada me liga con él. El hombre, después de una breve pausa prosiguió: -Y para su conocimiento le digo; Pacheco pasa temprano en la noche por el camino de "El Guácimo Renco" con dirección a la majada de Rancho Pando donde tiene una querida, para regresar después a la medianoche".

El hombre montó de nuevo y sin despedirse arreó al caballo, que se tendió al galope con invariable rumbo por el llano oscuro y solitario.

Don Cosme llegó a su rancho con media hora de retraso. ¡No dijo nada! Tomó su tumba de café negro con un tasajo de carne; luego se fué a un baúl desvencijado y sacando una lámpara vieja de cazar empezó a limpiarla.

Luego de haber terminado se puso el sombrero, cogió la escopeta, salió del rancho sin decir nada y se metió en la noche. Sus hijas, que sorprendidas habían observado sus movimientos, vieron nomás en medio de la densa oscuridad la brasa del puro de don Cosme que, como una luciérnaga de oro, iba denunciando su camino.

El "Guácimo Renco" distaba del caserío un poco más de tres kilómetros y hacia él se encaminaba don Cosme. Un cuarto de hora faltaba para alcanzar la medianoche, ya se advertían tras el espinazo de los cerros los resplandores de la luna.

El cielo, antes sucio de espesos nubarrones, se había despejado, presentando el maravilloso cuadro sideral de sus mundos luminosos.

El llano también había silenciado sus rumores, pero de vez en cuando aquel silencio solemne y misterioso era roto por el canto de alcaravanes asustados o por el graznido de aves nocturnas que buscaban caza en los pajonales de los charcos.

Don Cosme, el estoico campesino que por espacio de un año se bebiera su pena y su dolor, allí estaba sobre las ramas mismas del "guácimo renco" esperando se llegara el momento de vengar su sangre ultrajada. Todo estaba completamente en silencio.

De pronto se oyó el galope de un caballo. Era él, el violador, el que no bastándole con haber desflorado a su hija de quince años, le había quitado también la vida.

El corazón de don Cosme aceleró sus latidos; estuvo a punto de dejar caer el arma, pero sobreponiéndose se aferró con ella a una rama.

Su cerebro daba vueltas como las aspas de un molino. Pensaba. ¿Y si no fuera el propio Pacheco García el que galopaba a esas horas, y si fuera por desgracia algún pacífico caminante al que le hubiese caído la noche en el llano? Don Cosme se deshacía en terribles meditaciones, vacilaba por momentos y tuvo intentos de bajarse y salir corriendo a campo traviesa; tenía miedo de que no fuera el hombre que esperaba. Pero en medio de aquella lucha interna una voz le decía: -"¡Detente, no te acobardes!, el hombre que viene es el asesino de tu hija".

La batalla de presentimientos que sostenía aquel espíritu se aplacó. El galope del caballo, que se oía más cerca, tenía resonancias de tambores en medio del silencio. Don Cosme montó su escopeta y esperó.

La luna, que bañaba de luz la inmensa vastedad del llano, alumbró el rostro del jinete en los precisos momentos que pasaba junto al árbol fatídico. Era él, le reconoció en el instante. Ponerse la escopeta a la cara, apuntar y apretar el gatillo fueron contados segundos.

El estampido del disparo despertó a la noche, saliendo de las entrañas mismas del llano un pandemónium de ruidos.

Las aves que viven a la orilla de los grandes charcos y los gritones alcaravanes se desbandaron en el aire como una legión de brujas chillonas, y el ruido del disparo, que se fue tragando la distancia, se convirtió en un eco vago, algo así como el gemir del viento o el llamado de ultratumba donde a esa hora volaba el alma del bandido.

Don Cosme se bajó, cogió de los extremos el cuerpo y arrastrándolo hacia el pie del árbol lo dejó sentado en el tronco. El caballo, que al estampido se había disparado, pastaba tranquilo como a cien varas del suceso: don Cosme lo espantó, cogiendo el animal al tranco por entre los jicarales.

La muerte de Pacheco García quedó en el miste rio y desde entonces, dicen los lugareños que su alma en pena vaga por las noches en el llano, donde se ve una luz y se oyen unos gemidos.

Esa es la historia que me contó don Cosme, de la cual fue el único protagonista. El espíritu de aquel bandido, en un apagamiento terrestre, ha quedado espantando por las noches al caminante que se atreve a cruzar por el camino del llano donde está el "guácimo renco".

LA MONA BRUJA.

Herculano Rojas vivía en la comarca de Mapachín. Allí tenía su pedazo de tierra a la que le sacaba el jugo año con año. Su mujer, que ya tenía una marimba de cipotes, le metía también el hombro en el trabajo.

Cuando llegaba la época de las siembras y se daba principio a las limpias de las huertas, ella, bajo el sol calcinante de abril, se embrocaba a la par de su hombre a recoger la basura, y cuando se procedía a romper la tierra cogía también el arado o llevaba la yunta.

"Es mi brazo derecho", decía Herculano por cualquier cosa, poniendo siempre de ejemplo la abnegación y diligencia de su mujer en el trabajo. La Carmen, como casi todas las mujeres de la clase campesina, era muy fecunda. La pobre, en ese particular y como las huertas de Herculano, nunca tenía descanso; no había terminado de destetar un cipote, cuando ya le venía el otro, y eso por no cipiarlo, como decía doña Eligia, la vieja comadrona que la asistía en todas sus tenencias.

Por una vida vivía en cinta, y si no estaba en la huerta ayudándole al hombre, era en la piedra moliendo el maíz de las tortillas o el pinol para el tiste. De once hijos se componía la familia de Herculano Rojas y la Carmen Montoya. Catorce años de vida marital habían dejado en la pareja de campesinos un saldo de once vivos y dos muertos por delante: la primicia que se da a la madre tierra, como solía decir filosóficamente Herculano.

Empero la Carmen no presentaba aquel cuerpo ajado que se ve en la mayoría de las mujeres por la crianza continua. Por el contrario, era de una contextura vigorosa a la par que se gastaba unos brazos de marcados bíceps. Era alta, morena, de cabellos negros y lacios que contrastaban con una dentadura tan blanca, capaz de provocar envidia a nuestras mujeres. Es decir, en la Carmen todavía se descubrían restos de sangre indígena bien marcados. Herculano adoraba a su mujer y a sus hijos, no tenía el vicio de los tragos, y cuando se ia pero pueblo para hacer las compras del yantar, regresaba muy entrada la noche, ebrio y embrocado en el caballo.

Herculano no tenía enemigos, porque a nadie le había hecho ni males ni bienes, pero su mujer, siempre que él se iba para el pueblo, se quedaba con el credo en la boca temerosa de que le pudiera suceder algo. hombre honrado y consciente de su deber, no Como participaba en las chusmas de serviles que adulaban al gobierno en las manifestaciones callejeras.

Si yo quiero echarme tragos, lo hago con mi propia plata y no con la que sirve votos - les decía Herculano a los amigos que sustentan sus mismas opiniones,   la patria libre de tiránica opresión-. que era la de un preocupaba, y con pasión   de ahí que la mujer se algunas copas ingeridas comenzaban a soltar la lengua, exponiéndose a la vez a un ultraje de la soldadesca.

Un domingo por la mañana, Herculano salió con unos amigos que lo invitaron para ir a la cantina. Las conversaciones menudearon entre trago y trago y la cosa se hizo larga, al extremo que el sol ya se había inclinado anunciando la tarde. Dos litros de aguardiente se habían escanciado entre él y los amigos.

-Vos, Herculano -habló uno-, ¿nunca has oído decir de la mona bruja que sale en la quebrada del mapachín? Los ojos achinados del dueño de la taberna parpadearon sorprendidos ante la pregunta curiosa del parroquiano, en tanto que el interpelado, encogiéndose de hombros y con una indiferencia muy común en el incrédulo,

contestó: -Pues como no, ya había oído decir, pero la verdad, yo nunca la he vivido; será por las reliquias que mi mujer me ha puesto para librarme de esas cosas o porque cuando he pasado por la quebrada ni siquiera me doy cuenta, porque, como dice el dicho, voy "hasta donde amarra la yegua Jacinto". Según me han contado -volvió' a hablar el parroquiano -, la tal mona se aparece en las ramas de un chilamate viejo, un poco antes de llegar a la quebrada; eso lo supe por la mujer de un compadre mío a quien le salió y se le encaramó en las ancas del caballo.

El pobre ya no sirve para nada, dende que lo jugó la mona ha quedado idiota. Dicen los que la han vivido que es grande y coluda. La mujer de mi compadre, según me contó, tuvo que regar agua bendita en contorno de su casa porque la maldita había cogido de llegar todas las noches con intención de entrar al cuarto donde duerme mi compadre. Desde las ramas de un mamón se descolgaba al techo y allí se estaba hasta que los luceros comenzaban a huir del alba.

Todo el resto de la tarde que quedaba se concretaron los hombres a conversar del animal embrujado. Herculano se fue de regreso para el rancho cuando el lucero de la tarde con sus cuatro puntas de luz hincaba el infinito azul del cielo.

Los cascos de la yegua al pasitrote sonaban como claves en el silencio del camino. La noche ya había entrado, tornando las cosas diferentes. Los árboles entre las frondas dormidas tenían semejanza a fantasmas en acecho del viandante, y las alimañas, al paso de las bestias salían asustadas sonando bulliciosas la hojarasca, en tanto que los pocoyos con sus agudas notas de ¡caballero!, presentaban sus ojos que parecían un puñado de lentejuelas rojas en el manto negro de la noche.

La yegua de Herculano se detuvo casi ya para llegar a la quebrada, y parando la cola soltó su necesidad. Herculano, ebrio como iba, sintió que una cola larga y peluda le golpeaba la riñonada; y atribuyendo que era el animal embrujado, sacó con la rapidez del rayo su cutacha, al tiempo que le espetaba colérico, ¡mona puta!, y zas... descargó con tanta fuerza el arma, que se oyó caer la cola cortada tajo a tajo.

El hombre siguió su camino pensando que había terminado con el hechizo que asolaba la comarca; en tanto que la yegua no cabía en el estrecho camino, tirada por la fuerte mano de Herculano. Al llegar al rancho le quitó el freno a la yegua y, sin desensillarla, le pegó dos palmadas en las ancas para que se fuera a comer al corral.

Por la mañana el hombre le contó a su mujer la aventura que había corrido en el camino y creyendo ser el héroe de la zona, no cabía en sí de júbilo.

Pero la realidad fue otra, y toda la resaca de la borrachera anterior se le fue como por encanto cuando su mujer llegó del patio espantada de ver a la yegua con la de la mona bruja.

EL BARCO NEGRO.

Hace ya mucho tiempo que una lancha cruzaba de Granada a San Carlos. Una vez muy cerca de la Isla redonda alguien hacía señas con una sábana blanca para que esta lancha atracara.

Cuando los marineros se acercaron a la isla solo escuchaban. Ay.....Ay......Ay.....Ay...

Las dos familias que vivían en la isla se estaban muriendo envenenadas, pues se decía había comido de una res que había sido picada por una culebra Toboba.

Por favor llévennos a Granada, dijeron y el capitán preguntó de que quien pagaría por el pasaje.

No tenemos dinero, dijeron los envenenados, pero le pagamos con plátanos. Quien corta la leña o los plátanos preguntó el marinero.

Yo llevo una carga de chanchos para Los Chiles y si me entretengo allí ustedes se me mueren en la barcaza... les dijo el capitán.

Pero nosotros somos gente, dijeron los moribundos.

También nosotros dijeron los lancheros con esto nos ganamos la vida.

¡Por Dios! gritó el más viejo de la isla, ¿no ven que si nos dejan nos dan la muerte?

Tenemos compromiso ...dijo el capitán.

Y en facto se volvió con los marineros y ni por más que se estuvieran retorciendo de dolor ahí los dejaron.

No sin antes la abuela de una familia de la isla levantándose del tapesco en donde estaba postrada les echo una maldición.

"Malditos a como se les cerró el corazón así se les cerrara el lago".

La lancha se fue, cogió altura buscando San Carlos y desde entonces perdió tierra. Eso cuentan, ya ellos no vieron nunca tierra. Ni los cerros podían ver, mucho menos las estrellas en el cielo les pueden servir de guía...Ya tienen siglos de andar perdidos.

Ya el barco está negro, ya tiene las velas podridas y las jarcias rotas.

Muchos lancheros en el Lago de Nicaragua aseguran que los han visto se topan en las aguas altas con el barco negro..., sus marineros barbudos y andrajosos les gritan.

¿Dónde queda San Jorge?   ¿Dónde queda Granada? pero el viento se los lleva y no ven tierra... Están malditos.

EL LAGARTO DE ORO.

Hace mucho tiempo llegó a Chontales un noble caballero de Francia, llamado don Félix Francisco Valois, quien quedó encantado de los paisajes que rodeaban la Hacienda Hato Grande situada a cuatro leguas de Juigalpa.
Le gusto tanto la zona, que compró la Hacienda.

En ese tiempo también vivía en Juigalpa una joven muy linda llamada Chepita Vital. Un día don Francisco conoce a la Chepita y desde el primer día quedaron impresionados y muy enamorados, fue un amor a primera vista. A los pocos meses se casaron y luego tienen una hija, la cual la bautizaron con el nombre de Juana María.

Don Francisco tiempo después, sintiéndose muy enfermo se dirige a Guatemala en busca de una sanación. Pero antes de partir recomienda a su administrador hacerse cargo de la Hacienda y su familia.

Pasó el tiempo y don Francisco no volvía todos los pobladores de la comarca comenzaron a preguntar a los viajeros sobre el devenir del francés. Hasta que alguien trajo la información de que este había muerto en Guatemala.

Doña Chepita se enfermó de pena moral y muere a los pocos años dejando su testamento enterrado en un lugar que nadie conocía.

Juana María, fue creciendo y creciendo, era toda una mujer linda y joven. Ella ignoraba que todos los bienes de su padre eran ambicionados por Fermín Ferrari el otrora administrador de la Hacienda.

Ferrari era ahora un hombre malo y ambiciosos, llenos de temores de perder toda la Hacienda debido a la existencia de Juana María. La única forma era eliminar a la muchachita era volverla loca asustándola para que se marchara del lugar.

Fermín empezó con los cuentos de espantos en La hacienda, le contaba historias horribles a Juana y con el tiempo ya la había enloquecido La muchacha se arrastraba, cantaba, bailaba y decía entre sus locuras "Viva la Condesa de Valois" Luego después de varios meses de locura fallece, ante el estupor de todos los comarcanos que afirmaban que Fermín era el responsable de su muerte.

El bandido de Fermín empezó a vender todas las propiedades de La Hacienda y con el dinero colectado abandona el país. Pero con su suerte de que vecinos traen la historia al pueblo de que Fermín había sido asaltado y muerto por unos bandoleros que había tropezado en el camino.

Algunos vecinos que estimaban a la familia de Juana María le llevaban flores a su tumba. La sepultura quedaba en el cerro del Hato Grande, al borde de una laguna y las personas que la visitaban aprovechaban la oportunidad para darse un chapuzón.

Un día muy tempranito, unos vecinos casi se mueren del susto al ver en la laguna un tremendo lagarto dorado, le brillaban los ojos con el sol resplandeciente de aquella fresca mañana. Corrieron al pueblo a contar la historia de lo que habían visto y algunos vecinos se dispusieron a capturar al lagarto, pero les fue imposible.

Un campesino que creía mucho en La Virgen subió al cerro un día de tantos y le ofreció a La Virgen de la Asunción una corona de oro y un altar de la cola del lagarto si le ayudaba a cazarlo.

tiro un mecate a la laguna y lazo al animal de la cabeza, pero cuando lo tenía en sus manos dijo: "Que se friegue la Virgen". Apenas dijo esto el lagarto se le escapó y se sumergió en el fondo de la laguna. Desde entonces todos los chontaleños buscan el lagarto de oro para hacerse ricos, pero este no volvió a salir jamás y dicen los campistas que es el alma de Juana María cuidado sus bienes.

OYANKA LA PRINCESA
QUE SE CONVIRTIÓ
EN MONTAÑA.

A llá por 1590 en el Valle de Sébaco habitaba una nación de indios matagalpas bajo el cacique Yambo.

De los metales trabajaban el oro por su ductilidad y belleza. Habían encontrado yacimientos de este bello metal en una cueva en las montañas cercanas al norte del poblado, que guardaban como secreto.

Sin embargo, los soldados de la Corona española descubrieron que algunas indias relacionadas con el cacique lucían collares con grandes pepitas de oro tan grandes como las semillas de tamarindo.

El capitán envió pepitas de oro al rey de España quien era el dueño de todo lo que descubriesen.

Por esa razón a los tamarindos de oro les decían también Tamarindos Reales.

Este regalo no hizo más que despertar la ambición de los conquistadores y pusieron un resguardo o guarnición de soldados cerca del poblado.

Los indios resintieron esto y hubo algunas escaramuzas en que murieron indios y soldados de la Corona.

Mientras tanto en Córdoba, España, vivía una familia, cuyo padre Joseph López de Cantarero, teniente de la armada española, había sido enviado a Nicaragua, y reportado muerto en Sébaco en un combate con los indios del lugar.

La viuda, María de Albuquerque, decidió llevar a su hijo al convento de los padres franciscanos y logró que admitieran a José para estudiar y convertirse más tarde en sacerdote.

Cuando le faltaban solamente unos meses para ordenarse, el joven descubrió que el sacerdocio no era su vocación, él era ambicioso, quería ir a conocer donde su padre había fallecido y buscar aventuras en aquella tierra misteriosa.

Contaba con 19 años, aprovechando una salida que le autorizaron para visitar a su madre le confesó que no volvería al convento y que deseaba hacer algo que siempre soñó, tomaría nuevos rumbos.

Se dirigió al puerto de Cádiz, donde buscó un barco que viniera a América.

Llegado a Cartagena tomó otro barco hasta un puerto llamado David, cruzó el Istmo del Darién hasta la ciudad de Panamá, tomó un barco que venía al puerto de la Posesión de El Realejo, en Nicaragua.

Después de ubicarse en Sébaco e investigar el lugar, supo que su padre había muerto porque un capitán de apellido Alonso arrebató unas piezas de oro a unas indias, los indios reaccionaron dando muerte a unos soldados a los cuales el capitán había ordenado protegerlo.

Investigó José la suerte del capitán, encontrando que había perecido posteriormente por intentar encontrar los yacimientos forzadamente.

José trató de hacer amistad con la gente cercana al cacique, y encontró la manera de conocer a la hija de la cacique llamada Oyanka.

Ambos eran jóvenes y agraciados, se enamoraron, ella era de unos 17 años, de tez bronceada, ojos café ámbar, de facciones finas, un tanto sensuales, y cabello largo muy hermoso. José no olvidó su propósito por enriquecerse.

Conversando con ella, logró al fin que lo llevara a ver dónde extraía su padre los tamarindos de oro.

Se encaminaron hacia las montañas del poblado La Trinidad, allí había una cueva escondida.

Entraron a la cueva prohibida, con una tea de ocote encendida, salieron murciélagos espantados por la luz y abundantes culebras se arrastraron a refugiarse.

José pudo ver ante sí una veta de cuarzo donde se notaban adheridos grandes granos del brillante metal, no podía creerlo, con poco esfuerzo podía desprender lo que parecían grandes botones dorados del tamaño de semillas de tamarindo. Guardó siete de ellas en su bolso.

Mientras tanto, el padre de Oyanka inquiriendo acerca del paradero de su hija, al recibir información de qué dirección había ambos tomado se figuró que andarían en la cueva secreta.

Ordenó la captura del atrevido jovenzuelo, y el encierro de la princesita.

No podía eliminar a José por temor a la reacción de los soldados acantonados en Metapa, pero sabiendo de una incursión de los indios Caribes por el río Yaguare, los cuales solían atacar de noche llevándose mujeres y niños españoles, envió mensaje a los indios Yarinces de la raza caribe que si no atacaban a su población les entregaría oro y a un joven español de alta posición cuyo rescate ellos podrían negociar en el futuro con la Corona española.

Así se deshacía de aquel inoportuno novio de su hija sin necesidad de eliminarlo.

Oyanka, privada de libertad y oyendo lo de su novio, se deprimió tanto que no quiso comer más, su padre trató de convencerla, pero la enamorada novia le dijo que no podía vivir sin José, cayendo en un sueño del que según ella no despertaría hasta que su padre hiciera regresar a su joven amante.

Nadie pudo evitarlo, Oyanka se recostó al principio con los ojos abiertos, pensativa, después de varias semanas cayó en un sueño que no era de la muerte porque nunca corrompió su cuerpo, era el sueño del que sólo el regreso de su amado podía rescatarla.

En la carretera asfaltada desde Sébaco a Matagalpa, un poco antes de cruzar el Puente de Sébaco, en el horizonte, puede verse el cerro Oyanka, más al fondo, está el cerro La Mocuana. Pero si seguimos viendo hacia la derecha en dirección de la carretera a Matagalpa en el perfil de los cerros puede verse la silueta de la princesa recostada de espaldas, su bella cabeza coronada con un gorro que tiene incrustado una gran piedra de esmeralda, sus desnudos senos, una pierna un poco levantada, la otra pierna como los brazos descansando en el cerro, y su joven vientre levemente pronunciado. ¿Estará encinta?

Tantos años han pasado ya que Oyanka se ha convertido en piedra y sigue esperando a los ojos de su pueblo de Sébaco, El Guayabal (San Isidro), La Trinidad y Chagüitillo y de generaciones que vendrán en el futuro, en una perenne... y quizás eterna espera.

Made in United States
Orlando, FL
23 January 2022

13939761R00026